슈뢰딩거의 고양이

슈뢰딩거의 고양이

2023년 12월 18일 초판 1쇄 인쇄
2023년 12월 27일 초판 1쇄 발행

지은이 | 김정희
펴낸이 | 孫貞順

펴낸곳 | 도서출판 작가
　　　　(03756) 서울 서대문구 북아현로6길 50
　　　　전화 | 02)365-8111~2　팩스 | 02)365-8110
　　　　이메일 | cultura@cultura.co.kr
　　　　홈페이지 | www.cultura.co.kr
　　　　등록번호 | 제13-630호(2000. 2. 9.)

편집 | 손희 김치성 설재원
디자인 | 오경은 박근영
영업 | 박영민
관리 | 이용승

ISBN 979-11-90566-71-1 (03810)

값 14,000원

한국디카시 대표시선

11

김정희 디카시집

슈뢰딩거의 고양이

작가

늘 뭔가를 그리고 싶었다
목이 마를 때면 바깥으로 나갔다
그리고 싶은 것이 거기 있었다

한번씩, 느낀다
나를 사랑하고 아끼는 어떤 신이 계신다는 것
참, 감사한 일이다.

2023년 겨울

김정희

제2부 슈뢰딩거의 고양이

제3부 임금님 귀의 행방

제4부 천일야화

제1부

모노드라마

모노드라마

늘 단역이었는데
살다보니
다 내 역할이었다

몽유병

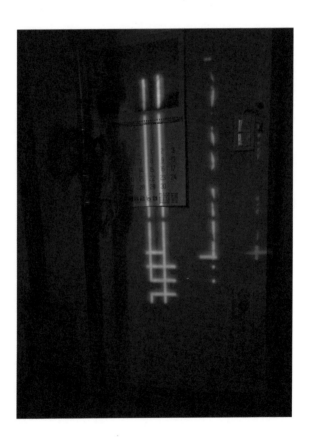

몇 날 몇 밤을 꾼 꿈

그런 날이면 꼭,

달이 아픈 그림자를 데려왔다

패러독스

내 단 하나의 소원은

개꿀잠에 빠져 보는 것

일기

아이는 이제 자신으로 돌아갔다

덧없이 먼지를 일으킨 하루를 묻어두고

쓸쓸하고 외로운 자신으로 돌아갔다

영생

삶과

죽음 따위

아무도 나에게 묻지 않았다

옥상 텃밭

맘 좁게 쓰면

바늘 한 땀 꽂을 데 없다 해도

눈을 넓히면

터는 여러 곳에 있다

너의 전성기

멈추고 싶은
네 인생의
봄이여

천,천,히
가라

숨줄

겉은 저래도

속의 것을 살리는 거야

돌아갈 곳이 있는 자만이 가지는

기질 같은 거라고

욕지欲知

저토록 많은 소망을

매달아 두고도

망연자실 먼 곳만 본다

윤회

붉은 통을 돌리면

다음 생은 꽃이다

립싱크

맞춰보시라 몇 옥타브 어떤 음계 어떤 노랜지

선녀들의 합창

감옥처럼 꽉 찬 살 냄새

침묵뿐인 덤불숲이라도

그래도...

한번은 가보고 싶다

가을밤

달이 차자

하루살이가 날아가

별이 되었다

제2부

슈뢰딩거의 고양이

슈뢰딩거의 고양이

우리는 곧 만난다

양자역학의 실험으로!

어떤 고양이를 안고 있는지

확실치 않다

You're독존

치열했을 당신의 시간들

이제는

천천히 걸어도 된다

입동 근처

허공에 매달린

생명의 흔적

풍성한 그녀의 식탁보

족집게 무당

꽃이 필 때마다 울곤 했습니다

혼자를 견디는 일은

처절하게 붉어지는 수 밖에 없다고요

고백

물 흐르듯 살라, 했지만

나를 가두던 날이
참 많았다

넝쿨

어딘가에서 영글고 있다

봄이 오고 여름이 간다

그가 돌아올 계절이다

난간에서

낮부터 매달린 사랑이다

무저갱일지라도

지독한 속수무책이다

세다

째깍 째깍

초침이 분침으로 가는 소리

네게 가는 길 늦을까

늘 서두르곤 했는데

어느 결에 이렇게 세어버렸다

안부

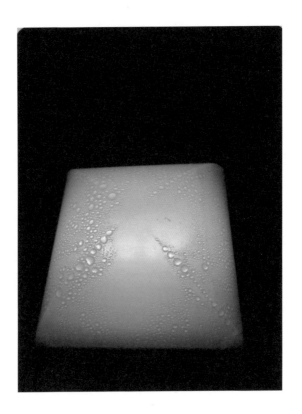

낮에게 묻는다

내가 살아있었을 때는

어떤 모습이었냐고

유전병

근원을 생각하면 나쁜 냄새가 났다

글자들이 부서져 내렸다

형식이 곧 내용이라는데

확신

세상에서 볼 수 있는
가장 우아한 계단

세월이 가도 늙어
초라해지는 일은
없을 것이다

고비

어르신 며칠 못 가시겠어, 다들 수군댔다

진홍색 원피스를 꺼내 입던 그 분의 시간,

만화방창의 시절이 있었다

허장성세

나를 따르라……

나를 따르라니까…

제3부

임금님 귀의 행방

짜라투스트라가 이렇게 말했다고?

다들 배가 불렀지?

보릿고개를 생각해 봐

옛날엔 죄다 논이었다니까

개죽음

누누이 말했지

무지렁이 집 나가면

요꼴 난다고!

실직

그는 그림자가 없다

여긴가? 아무데나 다리를 걸친다

없는 문을 오른다

몇 년째다

전생 혹은

이고 지고 든

허리 속에

내가 잉태되고 있다

시선

몇 번이나 스쳐 지나갔나

흔적을 찾기 어려운

그리운 페로몬 향

임금님 귀의 행방

· · · · · ·

켈로이드 체질**

태생지가 생채기가 되었다

그래도 피어야만 했다

** 켈로이드: 흉터가 그대로 남는 체질

불법시술

오래전 빠져버린 어금니

몇 달째 돋아 있는 혓바닥 돌기

아이의 입병 같은 형용이다

지귀의 사랑

죽는 자여 다시는 죽지 말자

삭힐 수 없는 화염덩어리

눈 먼 사랑이 길을 더듬는다

기억

화석이 될 수 없는 과거가

미래로 걸어왔다

외사랑

사랑을 잃고

사랑을 서성인다

갱년기

야, 중 2들 다 나와!

함 붙어볼래?

함정

달다고

다 단 게 아니야

제4부

천일야화

무소유

나는

뼈를 끊을 거야

너는

무엇을 버릴래?

심장

가난이 싫어 꽃을 꺾었다

슬픔이 손가락 사이로 흘렀다

상처엔 늘 빨간약을 발랐다

천일야화

불사조가 날면

밤은 죽지 않는다

곡예사의 섬

출렁, 뛰어오르면

하늘의 뒤편에 닿을 수 있을까

한 번씩 나는

다다를 수 없는 어떤 나라에 떠 있곤 했다

변신

새벽이 없어도 울지 말자

이 생도 충분히

뜨거웠으니

첫사랑

첫눈이 빨리 와야

꽃물이 남을 텐데

그리움과 갈등 사이

봉숭아꽃이 졌습니다

회억

드넓은 벌판을 누비던

푸른 힘으로 말해 봐

살아 허우적거리던 그 육신

무엇을 딛고 일어서야 했는지

숙제

'될성부른 나무는
떡잎부터 알아본다했제'

부모님의 잔소리가
늘 따라다녔다

※ 굽은 어린 오이에 흙추를 달아놓으면 곧아진다고 함

황혼 엽서

너는 누구니?
수신인도
발신인도 없는

적멸보궁

어디에도 부처님은 없다

확인사살

두더지 요원은

봄 여부를 파악하고

사정이 여의치 않으면

즉시 부대로 복귀하라

봄의 길목

겨우내 헝클어진 저 기억들

무엇으로 지울까

아수라

그 고래놈은 어떻게 되었대?

구속은 시켰대?

낡은 사랑

아무도 모를테죠

우리가 어떤 것을 쓰고 싶었는지

우리도 한때, 저렇듯 붉었음을

다만,

누군가가 앉았다 떠나고는 했지요

세상 너머를 담아낸 렌즈의 마술

— 김정희 디카시집 『슈뢰딩거의 고양이』

김종회(문학평론가, 한국디카시인협회 회장)

1. 그의 발걸음이 디카시에 머문 까닭

김정희는 경남 창원에서 출생했고, 창원과 부산에서 수학受
學했으며 지금도 창원에 근거를 두고 산다. 매우 특이하게도
그는 학부에서 법학을 전공했고, 다시 학부와 대학원에 걸쳐
문예창작과를 다녔다. 법과 창작 사이의 거리가 결코 가깝지
않은 만큼, 그의 이러한 방향 전환은 앞으로 글을 쓰며 살겠다
는 의지의 표명과 다르지 않아 보인다. 실제로 그는 자신이 맡
은 일을 하면서 지속적으로 글 쓰는 작업을 병행해 왔으며, 그
것은 그 가슴 속에 꺼지지 않는 창작의 열망이 잠복해 있음을
반증한다. 그가 이미 시인이자 소설가로 등단했다는 사실도
이를 말해준다. 일찍이 알베르 카뮈가 "겨울 한복판에서 결국

나의 가슴 속에 불굴의 여름에 있음을 안다"고 했던 바로 그 열정의 불꽃이다.

우리는 흔히 "사람은 빵만으로는 살 수 없다"는 수사修辭를 사용한다. 인간이 가진 정신적 내면세계는 그 빵 너머의 세계, 곧 오래 집적되고 견고하게 형성된 사유思惟를 외형적으로 표현하려 작동한다. 작가가 다른 모든 환경 조건을 물리치고 글쓰기의 길로 나가는 이유가 거기에 있다. 김정희도 예외가 아니다. 그는 이미 문인으로서의 자격을 갖추었고, 다시 순간 포착의 사진과 촌철살인의 언어가 결합하는 디카시의 매혹에 빠져들었다. 그가 쓴「시인의 말」을 보면, 늘 뭔가를 그리고 싶었고 목이 마를 땐 그리고 싶었던 것을 찾아 나섰다고 고백한다. 이를 신의 축복으로 받아들이고 있다. 그렇게 그는 디카시인이 되었고, 그 첫 결실로 여기 이 시집을 우리에게 보여주는 데이르렀다.

2. 절제되고 압축된 사진과 시의 세계

이 시집의 1부에 수록된 13편의 시들은 디카시의 기본 원칙을 지키려 애쓴다. 그와 같은 시각으로 세상을 보고 시적 대상을 볼 때, 문득 범상한 일상이 시적 감각과 리듬을 동반하는 예술성의 세계로 진입하려 한다. 시인은 이 요구에 부응하여 그 상황을 압축적으로 요약하고 심층적으로 관찰하며 거기에 생각의 깊이를 더한다. 이 해설의 제목을 '세상 너머를 담아낸 렌즈의 마술'이라고 한 연유다. 「몽유병」에서는 어둠 속에 비친 달의 '아픈 그림자'를, 「영생」에서는 스티로폼으로 제작된 물고기 쟁반에서 '영생'을 이끌어 낸다. 그런가 하면「옥상 텃밭」

에서는 마음의 눈을 넓히는 강단剛斷을 보여주고, 「립싱크」에
서는 바다 갈매기의 울음으로부터 음악의 음계를 묻는다.

일기

아이는 이제 자신으로 돌아갔다
덧없이 먼지를 일으킨 하루를 묻어두고
쓸쓸하고 외로운 자신으로 돌아갔다

'일기'라는 제목으로 된 시다. 어린이 놀이터를 사진으로 선
택했으면 얼핏 아이가 자기 놀던 곳을 일기에 썼을 법한데, 시
는 그 아이의 행적을 관찰한 시인의 관점이다. 왜 이처럼 평범
한 풍경이 시의 소재로 설득력을 얻을 수 있을까. 그 아이의 행
동반경에 이제는 어른이 된 모든 어른의 기억이 숨어 있는 까
닭에서다. 집으로, 자신으로 돌아간 아이가 타자가 아니라 관
찰자 스스로일 수 있기 때문이다. 그러기에 윌리엄 워즈워스
는 시의 한 구절로 '어린이는 어른의 아버지'라고 사뭇 단호한

표현을 사용했던 것이다. 가로등 불빛과 놀이기구의 그림자만
남은 이 공간은 '덧없이 먼지를 일으킨 하루'를 묻었다. 아이를
'쓸쓸하고 외로운 자신'이라고 쓴 발화 방식은, 이 시인의 눈이
아이와 어른을 동일시하는 이른바 회상시점에 의거해 있음을
증명한다.

욕지欲知

저토록 많은 소망을
매달아 두고도
망연자실 먼 곳만 본다

이 시는 '욕지欲知'라는 제목을 가졌다. 아마도 경남 통영시
욕지면에 속한 섬 욕지도에서 얻은 사진인 것 같다. 욕지도는
해발 392미터의 천황산을 품고 있는, 높은 해식애가 발달하고
암석 해안이 절경인 섬이다. 단어의 뜻으로 '알기를 욕망한다'
라는 만만찮은 의미를 갖고 있기도 하다. 시의 사진은 다도해
의 바다가 바라보이는 어느 테라스의 의자에 앉아 멀리 바다
를 응시하는 한 사람의 고즈넉한 뒷모습을 담았다. 시인은 거
기에 '망연자실'하다는 언표言表를 부가했다. 이에 대조적으로
왼편 나무에는 노랗게 익은 과일이 풍성하다. 그러므로 곁에
있는 소망의 결실을 돌보지 않고 먼 곳에만 눈길을 주고 있는
인물의 구도가 가슴 에이듯 안타까운 것이다.

3. 영상에 담긴 세상사의 중층적 구도

2부의 시 13편은 대체로 눈에 보이는 그림과 그 뒤편에 숨은 의미 사이의 중층적 구조를 긴장감 있게 배열하는데 중점이 있다. 이러한 시의 지속적 형식은 이 시집이 미더운 예술적 바탕 위에 서 있음을 납득하게 한다. 「슈뢰딩거의 고양이」는 오스트리아의 물리학자 슈뢰딩거가 1935년에 제안한 사고실험의 명제를 제목으로 가져왔다. 이는 양자역학의 불완전성을 비판하기 위한 것으로, 어떤 상자를 열기 전에 그 안에 있는 고양이의 생사를 알 수 없다는 이야기를 내포한다. 시인은 이를 케이블카 속의 사람들과 그들이 가진 의식의 불확실성으로 치환했다. 「You're 독존」은 건널목을 건너는 목발 짚은 노인의 과거와 현재를, 「세다」는 계절이 이울어 가는 것과 '네게 가는 길'의 대비를, 각각 겹친 꼴 눈길로 제시한다. 그리고 「허장성세」는 어느 산마루에 선 장군의 동상과 그의 공허한 외침을 한데 묶었다.

입동 근처

허공에 매달린
생명의 흔적
풍성한 그녀의 식탁보

'입동 근처'라는 제목을 보면 늦가을 지나 겨울로 접어드는 길목의 풍광인 듯하다. 건물 바깥쪽에 거미줄을 치고 아직 힘이 있어 보이는 거미 오른편으로 그에게 생명을 헌납한 곤충들의 잔해가 보인다. 매우 평화로워 보이나 기실은 참혹한 생존경쟁 전장戰場의 모습을 담고 있다. 우리가 살아가는 삶의 현장이 이와 다를 바 있을까. 그런 점에서 보면 아주 중의적重義的인 시의 형용이다. 시인은 이처럼 '허공에 매달린 생명의 흔적'을 두고 '풍성한 그녀의 식탁보'란 창의적인 언사를 사용했다. 누구에게는 삶을 위한 식탁인데, 다른 누구에게는 삶의 종착점이 되는 잔인한 현실 세계를, 시가 가진 특유의 부드럽고 상징적인 어투에 실었다.

넝쿨

어딘가에서 영글고 있다
봄이 오고 여름이 간다
그가 돌아올 계절이다

'넝쿨'이다. 아마도 호박 넝쿨이지 싶다. 저 멀리 소박한 시골 농가의 푸른색 슬레이트 지붕이 보이고 집 뒤로 야트막한 둔덕도 있다. 넝쿨은 이 무욕無慾의 비탈진 자리를 완전히 뒤덮었고, 그 싱싱한 초록빛에서 시인은 계절의 경과를 운위云謂한다. 봄이 오고 여름이 가니, 그가 돌아올 계절! 가을이라는 것이다. 이때의 그가 누구일까. 어쩌면 시인 자신도 잘 모르는 대상이며 무엇이라고 호명하기 어려운 존재인지도 모른다. 그런데 그것이 이 계절의 순환과 더불어 '어딘가에서 영글고 있다'는 것이 아닌가. 이와 같은 시적 감각은 어쨌거나 그립고 아쉬움의 질박한 과정을 통해 하나의 소망이나 보람을 도출하는 미덕에 이른다. 시는 때로 이렇게 그 몇 줄의 몸피에 우주 자연을 수용할 수 있는 비의秘義를 발양發揚한다.

4. 생이 힘든 존재들에게 따뜻한 시선

누구에게나 삶은 만만하지 않다. 때로는 비싼 인생 수업료를 치러야 하는 경우도 있다. 오죽하면 A.랭보가 "계절이여 마을이여 상처 없는 영혼이 어디 있는가"라고 했을 것이며, 오죽하면 P.발레리가 "바람이 분다. 살아야겠다"라고 했을 것인가. 3부에 실린 시 13편에서는 그렇게 생이 힘든 존재들을 따뜻하게 응대하는 시인의 시선을 느낄 수 있다. 「전생 혹은」에서는 '이고 지고 든' 노인의 뒷모습을 주목하고, 「지귀의 사랑」에서는 신라 시대부터 전해오는 불火의 신이자 이루지 못한 사랑의 대명사인 '지귀志鬼'를 소환한다. 「외사랑」의 나리 꽃대 하나는 사랑을 잃고 서성이는 모습이며, 「갱년기」의 스산한 나무와 그 산발散髮의 형상은 사춘기 아이들과 실랑이 하는 교사 또는 부모의 심경을 반영한다.

짜라투스트라가 이렇게 말했다고?

다들 배가 불렀지?
보릿고개를 생각해봐
옛날엔 죄다 논이었다니까

이 시에는 지금의 현실로부터 꽤 멀리 있는 독일의 철학자 니체와 그의 '짜라투스트라'를 불러왔다. 니체는 기독교 문명의 몰락과 새로운 시대의 도래를 선언하고 삶의 허무에 맞설 것을 주문했다. 그러나 그 자신부터 그렇게 살지는 못했다. 시의 사진은 가을의 들녘을 보여주면서 곡식이 아닌 풀과 꽃이 점령한 곳의 넓이에 초점을 맞추었다. 그리고 이렇게 묻는다. '다들 배가 불렀지?' 근자에 논에다 관상용 꽃을 심고 관람객들을 모아 경제적 부가가치를 높이려는 지자체가 여럿이다. 그처럼 세월이 달라진 터이다. 시인은 '보릿고개'를 이끌고 와서 옛날 농자천하지대본農者天下之大本이었던 시대의 사상을 돌이켜 본다. 그 시간의 풍화작용 앞에 니체인들 더 할 말이 있을까.

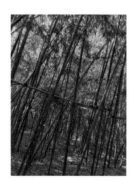

임금님 귀의 행방

......

참 재미있는 사진이요 시다. 울울蔚蔚한 대나무 숲을 가로질러 나무 하나가 직각으로 누워 있다. 흔히 있을 수 있는 경물景物이겠으나, 시인은 거기서 강고強固한 저항의 정신을 보고 있는 것 같다. 그리고 아예 시어를 생략해버렸다. 이 대목에서는 그의 속내를 짐작할 수 있는 것이 시의 제목이다. '임금님 귀의 행방'이라 하지 않는가. '임금님 귀는 당나귀 귀'라는 설화는 신라 48대 경문왕의 귀에 얽힌 이야기다. 이 비밀을 알게 된 복두쟁이가 말을 못해 병이 되자 마침내 대나무숲에다 실토한 것인데, 말하자면 사람들이 사는 세상에서는 입을 열 수 없는 형국이다. 시인은 대나무숲에 가로 걸린 나무에게서 그렇게 힘겨운 옛이야기의 모형을 찾아낸 셈이다.

5. 그리움과 기다림과 새 소망의 노래

영국의 시인 P.B.셸리가 「서풍부」에서 노래한 이름 있는 구절이 있다. "예언의 나팔 소리, 오 바람이여! 겨울이 오면 봄 또한 멀지 않으리." 지금 여기의 사정이 각박할수록 우리는 보다 나은 내일을 꿈꾼다. 이를 위해 숱한 아픔과 슬픔, 그리움과 기다림을 대가로 지불해야 할지도 모른다. 그러기에 그 내일의 소망은 아름다운 것이다. 이 시집 4부의 시 14편에서 그러한 내면적 신호를 읽어낼 수 있다면, 시인과 독자는 함께 어깨를 겯고 나갈 수 있다. 「곡예사의 섬」에서 '다다를 수 없는 어떤 나라'에의 기대, 「황혼 엽서」에서 '너'에 대한 질문이 그와 같은 징후를 드러낸다. 그런가 하면 「적멸보궁」에서 그렇게 제목을 호명呼名하고 목욕탕에서 사람 없는 빈자리를 보여주는데, 어디에도 부처가 없다는 말은 어디에나 부처가 있다皆有佛性는 말의 동의어가 아닐까. 뒤이어 「봄의 길목」에서는 아직 앙상한 나뭇가지로부터 과감하고 은밀하게 봄을 내다본다.

천일야화

불사조가 날면

밤은 죽지 않는다

『천일야화』는 아라비아 지방의 민화를 중심으로 페르시아, 인도, 이란, 이집트 등지의 설화가 첨가되어 이루어진 작자 미상의 설화집이다. 한자 표기는 '千一夜話'로 되어 있다. 천일 하고도 하루가 더 있는 밤의 이야기. 시인이 이 시에 그 제목을 붙인 것은, 어두운 하늘과 땅이 맞물리는 지점에 불을 밝히고 있는 도시의 야광 탓인데, 기묘하게도 그 외양이 불사조를 닮았다. 그래서 시인은 말한다. 불사조가 날면 밤은 죽지 않는다고! 이 한 장의 사진과 이 짧은 시 두 줄은 참으로 많은 정보를 함축한다. 불사조不死鳥, Phoenix는 고대 이집트 신화에 나오는 상상의 새이지만, 어떤 곤경에 부딪쳐도 좌절하거나 기력을 잃지 않는 사람을 비유적으로 이르는 어휘다. 곧 이 시집의 4부에서 시인이 확보하려 애쓴 소망의 언어이기도 하다.

첫사랑

첫눈이 빨리 와야
꽃물이 남을텐데
그리움과 갈등 사이
봉숭아꽃이 졌습니다

　어감만으로도 가슴이 설레는 '첫사랑'이다. 이 고색창연한, 그러나 오늘에 있어서도 여전히 위력적인 단어를 치장하기 위해 시인이 선택한 객관적 상관물은 '봉숭아꽃'이다. 손톱에 그 꽃물을 들이는 광경을 회상해 보면, 그 곁 어딘가에 첫사랑의 그림자가 웅크리고 있을 듯하다. 첫눈이 올 무렵, 그리움과 갈등 사이에 처한 형편인데 그만 꽃이 지고 말았다. 그런데 그대 아시는가, 꽃 진 다음이 더 중요하다. 자연의 법칙이나 세상사의 이치는 한결같이 어김이 없어서, 상실과 말소의 아픔을 겪지 않고 자라는 소망이 없지 않던가. 시집 전체를 관통하는 절제의 의지, 극도로 말을 아끼는 이 시인의 자기 통어력이 이렇게 말미에 이르도록 흔들리지 않는 것은 상찬賞讚할 만하다. 우리는 참 좋은 디카시집 한 권을 만났다.